ALGUM LUGAR PARA CAIR E FECHAR OS OLHOS DE VEZ

ALGUM LUGAR PARA CAIR E FECHAR OS OLHOS DE VEZ

RAPHAEL VIDAL

Rio de Janeiro | 2019

Copyright © 2019
Raphael Vidal

editoras
Cristina Fernandes Warth
Mariana Warth

coordenação de produção, projeto gráfico, ilustrações e capa
Daniel Viana

revisão
Léia Coelho

Este livro segue as novas regras do Acordo Ortográfico
da Língua Portuguesa.

Todos os direitos reservados à Pallas Editora e Distribuidora Ltda. É vetada a
reprodução por qualquer meio mecânico, eletrônico, xerográfico etc., sem a
permissão por escrito da editora, de parte ou totalidade do material escrito.

CIP-BRASIL. CATALOGAÇÃO NA PUBLICAÇÃO
SINDICATO NACIONAL DOS EDITORES DE LIVROS, RJ

V692a

    Vidal, Raphael, 1982-
      Algum lugar para cair e fechar os olhos de vez / Raphael Vidal. - 1. ed. - Rio de Janeiro : Pallas, 2019.
    72 p. ; 18 cm.

    ISBN 978-85-347-0567-7

    1. Romance brasileiro. I. Título.

19-59126   CDD: 869.3
                          CDU: 82-31(81)

Leandra Felix da Cruz - Bibliotecária - CRB-7/6135

Pallas Editora e Distribuidora Ltda.
Rua Frederico de Albuquerque, 56 – Higienópolis
CEP 21050-840 – Rio de Janeiro – RJ
Tel./fax: 21 2270-0186
www.pallaseditora.com.br | pallas@pallaseditora.com.br

Para Jorge, Francisco e João, dedico

Para Lima Barreto e João Antônio, consagro

Para Jacy, ofereço

Para minha deusa, agradeço

Morro
da
Conceição

"Praça Mauá
Praça feia, mal falada
Mulheres na madrugada
Onde bobo não tem vez...

Praça Mauá
Dos lotações de subúrbio
Lugar comum do distúrbio
Nos trinta dias do mês...

Se algum dia
Eu mandar nessa cidade
Serás praça da saudade
Do adeus, da emoção...

Praça Mauá
O nome nos tráz à mente
Um soluço, um beijo quente
E um lenço branco na mão..."

Praça Mauá, Billy Blanco

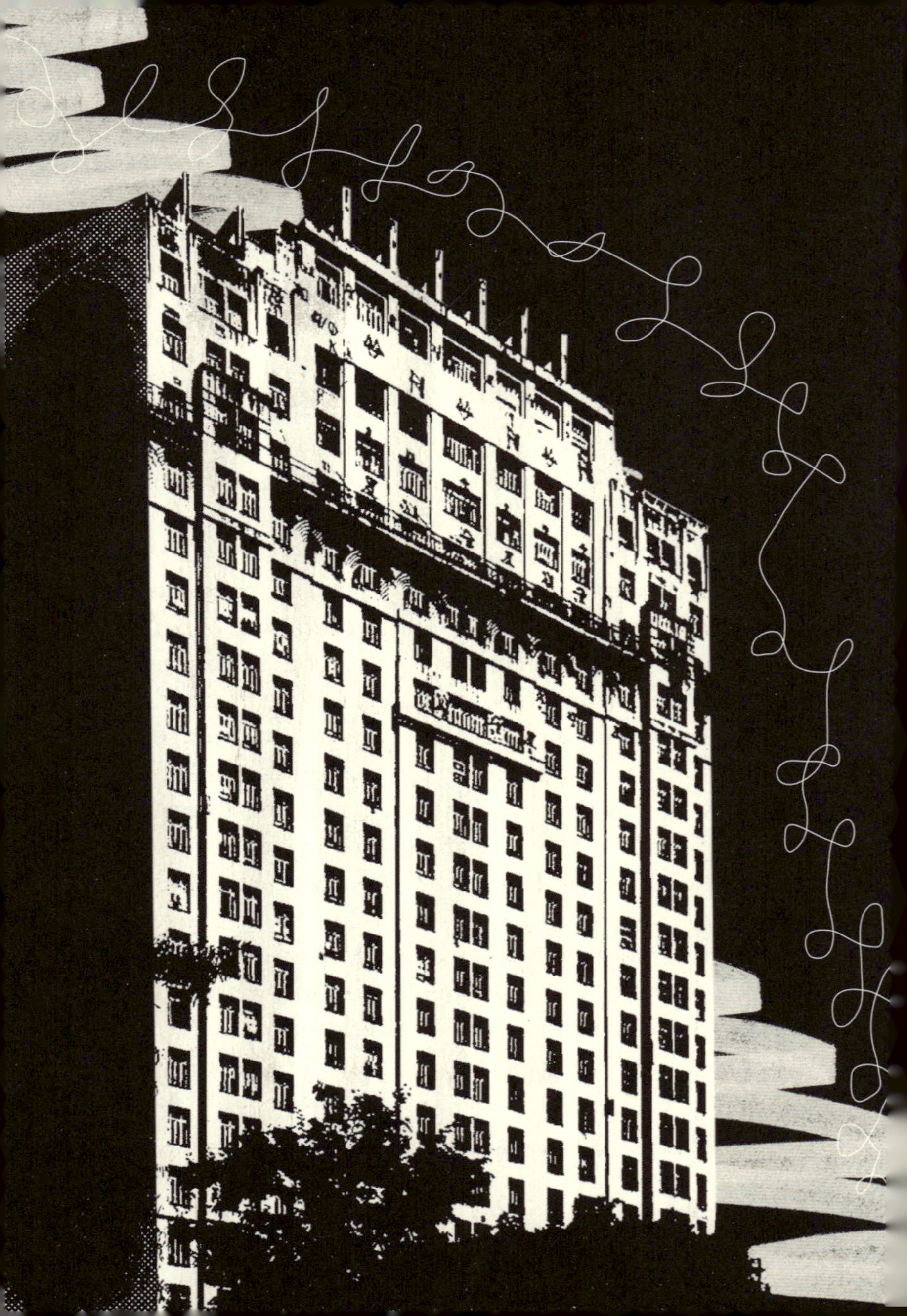

Carretel de dez, linha roca. Cabresto estanca e a pipa avoa, perdida, pros lados da baía. Não é motivo de descanso, choradeira, volta pra casa. Corre pra tendinha e volta com o saco amarrado, empinado. Dibica e raspa, sorri pra vovó, ganha confiança.

A tarde alcança e a peste desacostumada com limite, coisa parecida, aparece com pedaço de vidro, catado no Valongo. Arrebenta, soca com cabo de vassoura, esforça, esquenta no meio-fio, mete cola de madeira arranjada, ninguém sabe onde. Mistura enquanto brinca de chiclete — capim mastigado — e rápido fica pronto: o cerol, fininho. Vai de poste a poste, mão como concha, concentrado, banhando a linha de malandragem. Enrola na lata, a ponta presa na pedra-fogo, amêndoa, mamona, o que achar. Marimba feita, só na espreita, atento no gingado bonito da arraia, que busca, corta e apara. Arremessa na pressão, carrega com tudo, serviço completo. De longe o perdido pede ajuda, choraminga, desmunheca. Fim da festa alheia, pula de alegria, sabe o que faz. Em cima da laje ninguém percebe o tal, com gol de mão, derrubando as voadoras. Estufa, giganteia, cresce — engole o céu do Morro da Conceição. Em segundos desenrola e empina, não se intimida: com os pés no chão e com pouco impulso. Nunca desistiu, apesar. Já conversa com a própria sorte.

— É À VERA!

Abriu a porta e sentiu o ar, abafado. A narina alargou: azedo. Entrou sem querer alarmar sua volta. Agora, as canelas finas, o varapau, papel que plana, desafia o moleque sem medo, filho do vento, cuspido pela liberdade, largado de apego. É pedido de arrego. Um quase homem, enfim. Sem controle da vida, cabeça pra isso. Apenas caráter de rua, valores morais das marquises pra jogar na balança. Adotado pelas dobras das vielas, criado nas frestas dos becos, educado pelos desafetos das esquinas.

Um estica.

Só queria a sua vez, o chão pra pisar, algum lugar para cair e poder fechar os olhos de vez. Deixar os pensamentos como redemoinho. Quem sabe apenas o sinal de que ainda existe um fim? Escorre a lágrima que evapora em um instante do tamanho incalculável do tempo. Gente que não sabe sofrer por faltar comparação com o contrário. Parado, espera. Até que percebem sua chegada. Em silêncio.

Desceu a Escorrega com os pés descalços, bermuda do defunto, camisa descolada. Há muito que não tocava o rebu, fazia e acontecia. Entendia seu lugar. Desenrolava seu trocado, lustrava, polia, cuspia, as moedas no bolso, nada mal. Tudo nos trinques pra esquecer das lembranças. Rodava biroscas, balcões, muquifos. Inferninhos. Pinçava com o olhar, curioso, rondando. Certo de que aquilo tudo valia para um prato. Apostava, trepava em mureta pra enxergar o horizonte. Caso para outros olhares, tardios. Coisa pequena entre os que labutam na rua. Mas tem aqueles que não percebem seus iguais, afugentam gentilezas, botam pra correr as simpatias. Só aquela pontinha de orgulho no estômago. Uma vontade tremenda de usar os dentes, desejo de preencher os buracos do corpo miúdo, mocorongo. Era toda uma vida ali naquela sensação, remoendo o peito, ardendo o olhar. Disto nenhuma filosofia trata: a correria.

A marcha desliza, volante arranha a barriga. Os encaracolados voam. Sincronia entre pernas e braços: o motor. Cigarro queimando, os dentes pra fora, a vida. Ele não percebe a criança, medrosa, agarrando a coragem, as unhas enfiadas no banco de couro, falso. Uma multidão, feroz, urra pela derrapada, pedindo fumaça, a música dos pneus. A cabeça gira, o olhar revira, o arrepio, um só — infinito — de prazer. Borracha queimada no asfalto. O cheiro queimado entra pelas narinas. Isso os une. Os dois são um na gargalhada. Pai e filho. Aplausos, gritos e sirenes na Praça Seca. O automóvel desaparece, não dá mole. Há cúmplices, mas não há culpados. Nunca saberá repetir o que viu. Guarda pra si. Será para sempre o carona.

— Segura, pivete!

A porta bate e o saco de carvão cai em seu colo. É o peso que carrega até hoje, mas em cinzas. Na rapidez estala; um ensina, outro aprende. É o bruto da paternidade, o que fica. Sangue que escorre da carne, lâmina no mármore, filetes de ressurreição pela boca. A criança vê o bigode. Admira algo nele. Não há muito, precisa ser rápido. Fecha os olhos e na escuridão procura fendas para esconder na memória. Não fracassa.

— Que porra é essa?!

As pálpebras abrem no instinto. E na reação do movimento nasce o limbo em que se transformou o passado: o fogo lambendo tudo.

Sentado no banco do motorista, mãos no volante, a sensação angustiante de azia. O corpo seco como o ar, sem lubrificação das ideias, as engrenagens endurecem. Resta olhar para o infinito e não enxergar um palmo à frente. Assim tudo vai morrendo, enguiçando, necessitando troca. Já passou da hora e só resta esperar. Essa argamassa de pensamentos, ao mesmo tempo esclarecedores e obscuros, fica por segundos rondando. Suficiente para sugar qualquer demanda. E no girar da ignição aquela criança que hoje é adulta deixa de existir, se traveste como apenas um qualquer.

— Cacuia, Cocotá, Peixaria,
saída da Ilha, Bonsucesso.

Um a um os passageiros entram e se acomodam. Espalhafatosa, tropeçando, carnes que sobram, aquela vem correndo. Suor por todos os lados, muitos lados. Dois lugares para ela. Pelo retrovisor foca, mira, tenciona sua visão. Dois pulcros e enormes seios cheios de vitalidade não cabem no decote, que guarda apenas a beleza não expulsa. É um belo momento, avalia. Sente, sua humanidade o abraça.

— Passa na Brasil?

Passaria até em Katmandu, se desejasse fosse. Questão de flexão de intenções, malabarismos de raciocínio, desvios do desejo pela carne. O comandante está na direção e agora o roteiro é o que menos importa. A outra ali, em gotas, nem sequer percebe. Continua a respirar — esforçando os pulmões apertados — e a imaginar como vai fazer para chegar à Praça Mauá saindo daquele fim de mundo.

Termina a ocorrência, sucumbe. Encosta o cotovelo e pede, sedento. Segue um respiro, vazio querido, querência de alívio. O animal ressurge. Cheio de poder, força, certezas. Pede. Pede. Pede. Ele apaga toda a verdade da memória e sonha. Neste sonho ele é. No meio de todo o caos, ele, finalmente, é. Abre os olhos e ultrapassa a tênue linha, está embebedado, chumbado, tonto. Mamado. Pede a próxima, mas seu destino já está traçado. Muito comum. Do outro lado do balcão, olhos vidrados, a realidade o encara.

— Pé-de-pato, coisa-ruim.

Apela. Discursa sobre a questão, dialoga com o vento, aprendizado infantil. Tenta dar o exemplo. Começa a cantar Waldick Soriano e soltar frases como aquela que diz que "ninguém acredita ser a solidão o pior de todos os males, até o momento em que a vive". Chora. Vence a demanda. Aliás, lembra, sempre foi um vencedor. Poderia ser mais um daqueles sem ter com o que contar, viver, somar. Lá está todo dia, de serviço. Orgulha-se. Mostra. Retira a carteira cheia de notas, papéis, multas, santinhos, telefones e escancara pro mundo. Alguém que levante o dedo para dizer que é máfia, milícia, política. Ali está uma pessoa digna, honrada, virtuosa, íntegra, que só precisa de mais um trago de jurubeba para completar o ciclo natural do dia.

Alguém com o forte desejo de viver mais dois dedos de anestesia. Um apaixonado, infeliz.

A pessoa não simpatiza, vira o rosto, faz careta, assobia aquela musiquinha. Puxa uma garopa, mete no bolso, pede dose dupla, *on the rock´s, understanding*? Quem não arranha, povo sabido que é, logo revira a cabeça, pede fogo, faz falsete. Então começa o jogo no cabaré, uma lágrima para cada dor, um gole para cada sorriso, uma pergunta para cada silêncio. Vai quebrando assim o ritmo das coisas, levando a sua maneira, fazendo carreira de bom ator sem companhia de teatro.

É sentida no estômago, volta e sobe na garganta.

Queima a língua, o olho arde.

Uma pontada no dedo do pé, logo no mindinho.

Nessas horas aquilo quer sair. Acende o cigarro mais uma vez e controla, cheio de manha. Encolhe, bate palmas, tira uma boa risada. Pede tira-gosto, arrepia a cambada, sentiu firmeza. Curte um papo mais cabeçudo, assim chegado numa crise existencial, "o que é isso e blá, blá, blá". Percebe a diferença? É lábia. Se o firula chega cheio de mandinga, coisa e loisa, agredindo com o rebolado todo o recinto, mandam logo ajoelhar, rezar um credo. Agora, veja só a finura, mansinho, pedindo dá licença, por favor, boa noite, como vai? Depois larga tudo que há entre o nascer e morrer. Essa é a cartada final, suficiente para uma dança com a dama, um abraço apertado, um beijo nos lábios.

Dobrou a esquina dando curva. As pernas bambeavam. Olhava de rabo, firmeza no ziriguidum, pois não. A dondoca toda prosa quebrava a cintura. Só, batom no cuidado, já dividia o mar. Desfile na Praça Mauá. Firmeza no compasso, pedaço a pedaço. Era um tal de "oba, oba, epa, epa". Só gente sem regra, um monte de sofrido, cambada de muquiranas. Então se deu. A distinta entrou na Flórida, sem meias palavras, pediu uma dose. Cabreiro, o primeiro veio manso, come quieto, chegou no ouvidinho e largou o papo:

— Quanto?

Ela virou o trago num gole, puxou a bolsa e foi-se como veio, na lindeza. Na caixola só aquela voz:

— Quanto? Quanto? Quanto?

Cansada de tudo. Produzida, corpo nos trinques, algum arrumava. Assim curtiria um barato, daria importância para acordar todo dia. Vergonha, coração miúdo? Na rua, a madrugada fraca agonizando, percebeu que tudo era questão de preço. O valor de cada um.

Procura dormir em uma cama, mesmo que falsa, não importa se as mãos que ajeitarão o lençol serão frias: a quentura vem do pular as resistências. Mestre que se dedica uma porrada de tempo ao quem sabe um dia, nessa condição. O importante é ter a bufunfa no bolso e curtir a pinta. O que não se faz por uns trocados, para ganhar a vida? O jogo só existe se for jogado, é da natureza dos que arriscam.

A noite que termina de tristeza.

E não há nuvens. Só mais uma manhã escura, abafada. Ela caminha para casa. Largo, grande, sincero, o sorriso chegará antes. Os dentes brilham. Seu rosto é de uma clareza, boniteza, estranheza. Vem, chega, toma seu espaço. Antes, como uma parada, descanso, pausa pra respirar, relaxar os calcanhares, encontra o vício. Lá, conversa, faz amizade, vive. Gosta de música e tudo o mais.

— Coisa linda, uma mulher não deve vacilar. O importante é aonde chega qualquer um. Nem vem de conversa fiada. Se me der um tiro de canhão, eu levanto depois. Nasci assim, em pé. O olhar que é importante. O olhar, o olhar, o olhar da rua. Essa poesia dos ventos.

— Uma moça sem mancada.

Cheiro esperto no cangote, suor queimando o nariz, gosto de sal na boca. Sem culpa, aquela carne toda só no mexe-mexe, no bole-bole. Rindo alto, gargalhando igual ao cão dos infernos. Deu no que deu. Anoiteceu de novo, lua redonda. No aperto, mão gostosa, aquilo naquilo outro. Esfrega, esfrega, roça, roça. Sem disse me disse, os propósitos jogados na cara, escancarando as saliências pra quem der e vier. Calorenta, respirando sem fôlego, sufocada na fumaça. Nos finalmente não aliviou. Sem juízo, na quentura, precisava de mais nada. O peito doía de paixão sentida, queria noivado, casório e família formada, os bacuris em fila. Num quê, de repente, ela adiantou a palavra: contrato feito, trinta dinheiros. Uma dor que amarga qualquer doçura. O homem diminuindo. Assinou seu papel naquela fala pouca depois de tanto bem viver. Logo, puxou o seu, contando os trocados. Também não desistia, não era de rancor.

Quem via não acreditava no rebolado, quebrando a bacia, subia daquelas pernocas, magrelas, sujas, sustentadas pelo salto, alto, tirando fino do vácuo, driblando as pedras portuguesas. Era um nascido homem, masculino, com saco, roxo, grande. Cresceu sabe-se lá como, não consta em papel, é fato, surgiu, apareceu, fez da presença a existência, a sua, própria, quando pisou, firme, maquiado, transviado, uma boneca, na Escandinávia.

— Êh, êh, êh!

Uma mulher, com véu. Cobre a beleza na busca do mistério. O corpo ossudo se esconde, veste sensualidade: a leveza dos tecidos de seda da Saara tropical. Deusa encoberta, inspirando o medo com sua voz grave e indireta, acertando a fraqueza de todos nós. Quanta angústia em seu dedo, apontando para o infinito, atingindo o ponto cego do rabo de olho dele. Ela tem nojo e diz, corajosa:

— Nojo! Tenho nojo de você.

Imunda, fedida, perfumada pelo chorume da estiva, escarrada por todos. Em si, uma dúvida. O sete de ouros no jogo do sete e meio. Essa distância, a sua armadura: ninguém se aproxima do limbo. Do indefinido. E aí está seu ataque. É mendiga. É travesti. É sozinha. Atormentada paixão do desequilíbrio entre sangue, fleuma, bílis amarela e bílis negra. E este exemplo da insanidade é mais um símbolo do bairro da Saúde. Dessa contradição vive esse lugar.

— Vem, seu filho da puta.

Olhos abertos enxergam o teto. Lâmpada ligada, fraca, coberta de poeira, sem lustre. Mofo tomando todo o lugar. Esfregou a cara e ficou de pé. Ainda estava escuro, mas não tinha sono. Para alguns o cansaço deixa de existir. Tudo deixa. O automático vai e executa, resolve, faz. O lugar é menos que quitinete, muquifo, cubículo. Apenas cama e armário, espaço pra ficar em pé e sair — tudo que deseja.

— Danação.

O estardalhaço toma o corredor, apesar da hora. Cheio de braços, costas, pernas, cabeças, toalhas e monóxido de carbono. Mistura de sotaques, cuspes, respingos e sujeira. Água-de-colônia e gel. Tudo mesclado, revolto, confuso. Um surto se deixasse. Mas seu passo é decisivo, pé no chão. Não era de bom-dia, tal e coisa. Por fim, ninguém percebe. Tanto faz, essa esculhambação. Sua reza era outra.

Beiçuda, as ancas que vão e que voltam, uma crioula, feita, bonita. Ela pensa, matuta, olhando pras panelas vazias: que há de ser feito, hein? Vaidosa, peitos cheios da marra africana, do sangue português misturado, punho cerrado, resolve partir pra briga, que ela tem tudo a ver com isso e deixa disso. É de bucho cheio que a cabeça esfria, fica sem tempo pra pensamento ruim. Empinou o queixo, daquele jeito de quem já viu de tudo. Faz muito para conseguir aquele pouco. Atura umas, faz amizade pelas calçadas, mosca rondado comida estragada, aporrinhentas, malfaladas, fichadas na vagabundagem. Ela aqui, doutora da sua direção, tendo que aturar essa coisa. Vai, vai. O que lhe tenta é apostar, tentar a sorte. Só aquele tim-tim por tim-tim sem saber de bolso furado. Não come farofa em botequim com ventilador no teto. Abusada, todo dia sempre nessa, fingindo ser a dona da banca com o traçado no meio copo. Tudo como sempre. O puto no balcão e a morte chegando sem que ela decida nada. Um negocinho ali, dia sim, dia não. Quebra aos pouquinhos, fuma um, espera alguém cair no seu gogó. Boa pinta não lhe falta, veja só. Atura e usa assim esses outros, despudorados, mal vividos. Quer o seu pedaço do osso. É uma maneira de lidar com esse fracasso, essa distância do filé. Até que a bufunfa aparece, curte um sorriso melhor, dá uns tapas e abre o olho: um no peixe, outro no gato. Vai pra outras praças, desaparece.

Os olhos acendem, as mãos passeiam. A nuca morde, cangote. Pernas abraçadas, algemam. Os líquidos, evaporam. Beijos ardentes, bitoquinhas carinhosas, por toda a pele. E ultrapassam, além. Há algo que não se aperta, intocável. Acontece.

— Não consigo.

O desejo, esmorecido. O banho, coisa rápida. Jantar, requentado. Bebida, congelada. Uma névoa, estanca: silêncio.

— Tenho que ir.

Fica assim, sabe? Esquisito. Angustiado, desdém. Meio que perdido. Os olhos pra lá longe, distante. Escuta vazio, ensurdece. A boca fechada, miúda. Os ombros caídos, tensos. Sem concentração, foco. Com calma, cansado. Diferente.

Então:

— Não sei, nada. Tudo bem.

Bolo de fubá, café com leite, aipim frito. Uns dias assim, grandes coisas. A mesa farta, boca trabalhando, vivendo o que é bom, fazendo goleada, sorriso no rosto, limpando os dentes brancos, nada de língua no chupa--chupa. Então, neném, blusa de linho branco, aquelas listras finas, ela engomadinha, que beleza! O homem jogado na boa pinta, garanhão, primeiro páreo, dez pra um, aposta rara, entende? Não tem esse negócio de colher de chá, sopa rasa, dois dedinhos, nem por menos, o sempre buá, buá. Batia na mesa, falava alto, galo de briga, arrebentando a situação com atitude:

— Não enche!

No ritmo das estrelas, andando no passo firme, linha reta. Arruma-se à prestação, o barraco vai crescendo, a panela na pressão. Tudo muito engraçadinho, bem risonho. Até que o organismo incomoda, aquela necessidade, o suadouro, um letreiro colorido, alguma coisa gelada: a noite na contramão. Vai-se, Praça Mauá!

— Ê, lê, lê!

A lascada é que na volta pro lar sempre não tem nada, fica maravilha, benzinho pra lá e cá, só na enrolação, passada de mão, a patroa com shortinho apertado. Quem vê acha que nunca explode o recinto. Nessas horas o pato que é o malandro: de dedos colados aliança não entra. Agora, o zero hora, sem perceber o belzebu, é tratado com esperteza e maldade, escuta o quá, quá, cuém, cuém, e nada dela abrir a boca pra falar o dito no dito, o bem feito, vagabundo! Joga no duro, sempre os mesmos carinhos:

— Tá docinho?

No fundo nenhuma mulher entende as vias de fato: muito menos as que nasceram homem. É simples, acontece. Ficam remoendo aquele rancor durante tempos. O coração enferrujando, tudo por apenas umas horas de vontade. E num bom momento, sem coisa nem loisa, o biquinho pra beijar, dá-se de cara com a mesa vazia, um aperto no coração, o recado no espelho: "fui, beijos". Nessas horas pensa que o melhor é isso e aquilo, justo e assim. Quem sabe não tivesse sido um voltar, talvez trazer de volta aquele amor, ter ao menos ido ao seu encontro. Afinal, nem tudo que balança está no parquinho. Esse sentimento prova isto: chão cedendo, ânsia de vômito, dor na nuca. A gravidade em potência. Ruiu, esmagado por si próprio, morreu pra vida, cansou, desistiu. É só lágrimas e uma dúvida, única: por que ele mesmo é a causa do seu efeito? Estirado no asfalto, os olhos molhados miram o céu sem beleza, magia. Foi a sua própria realidade que o atropelou. Finalmente rompeu, quebrou a corrente, cortou o cordão, está livre. E só. A fraqueza venceu: encontrou a solidão a três palmos de si mesmo. E em um fechar de pálpebras, a resposta.

O joelho força o movimento, cada vez mais intenso, os músculos esticam, mas o esforço compensa: está veloz. É vento na cara, cansaço e risco de correr entre ônibus, carros, motos, pedestres, sinais de trânsito. O devir do tempo. Cada risco uma lembrança: quando se conheceram, a primeira transa na calçada, os sufocos de faz-me rir, as experiências espirituais, morar juntos, o vira-lata... o abandono, sua maior neurose. Manobras perigosas, vontade é de correr perigo, provar o gosto de se desligar. O mundo gira mais rápido e acaba mais cedo. Mas o rompimento vem num instante, entre um táxi e um caminhão, na encruza.

Não mais que segundos alucinantes. As pessoas curiosas, alguém ajuda a levantá-lo. Escapou sem arranhões ou hematomas, apenas algumas pontuais dores físicas, suficientes pra escapar das lembranças da manhã mais dolorosa da sua vida: aquela em que pulou no abismo.

— Bate, filho da puta! Eu não aguento mais. Estou cansada. Eu faço tudo. Vai tomar no seu cu. Lavei roupa, fiz comida, cuidei de você, arrumei a casa. Não vê, seu inútil? Seu merda. São duas jantas diferentes, caprichei, macarrão, carne moída, arroz, feijão, bife, batata frita, não fode. Ainda quer farofa? Onde vai encontrar mulher assim? Naquela vagabunda da sua mãe? É porque ela acha que sou preta? Tenho cabelo ruim? Sou pobre? Não sei ensinar tabuada? É porque eu tenho pau? Pro caralho com essa merda toda! Estou me sentindo mal. Sufocada. Você não me leva mais pra jantar fora, no Flórida, passear no Calabouço, de carro, é a gasolina, tá cara? Seu frouxo. Trabalha e não tem um qualquer pra uma picanha na chapa, uma viagem? Paquetá é viagem? Com aquela tua família de jararacas? Você está fodendo com tudo. Minha paciência acabou, me livra disso. Esgotei! Levanta a mão pra mim! Faz isso! Eu chamo a polícia, seu corno. Grito pra rua toda ouvir. O movimento mata! Enfia a vergonha entre as pernas. Vamos acabar com essa cagada logo. Bate que eu revido. Cuspo na sua cara. Rodo a baiana. A favelada aparece. Não adianta esconder. Eu sofro todo dia, todo santo dia, não tenho vida. Eu vivo pra você! Grito quando eu quiser, vai para a puta que te pariu, aquela piranha, desgraçada! Minha força acabou. Pode bater, arranca meus dentes. Você vai sofrer, viado. Vou acabar contigo. Para de chorar! Quem tem que chorar aqui sou eu! Saí de casa para a vida, você me achou na zona. Tem nojo de mim? Ahhhhhhh, como eu sou otária. É muito olho grande. Taí, essa porra é família desde quando? Pode jogar na cara, pelo menos não sou fresca. Babaca. Cortou meu beiço. Infeliz! Não vai sair. Joguei a chave fora. Vai ter que implorar. Vamos morrer juntos. Olha, estou toda roxa. Animal! Socorro! Socoooorro! Eu só preciso relaxar um pouco, foram só duas cervejas. Não estou bêbada! Arrumei tudo! Fiz o que fiz? Está faltando alguma coisa? Estou cansada. Deixa eu beber minha cervejinha. Que tem? Não tem mal algum. Você quer arrumar confusão comigo. Quer briga, porrada, de novo. Olha aqui meu braço como está. Quando terei paz? Isso é uma prisão. Não te quero mais. E eu quero que você se foda, meu nome não é bagunça. Vá embora, por favor.

O quarto está em penumbra. Portas e janelas fechadas. A cortina não deixa escapar nenhuma luz. Sobre o colchão há alguém atormentado, encoberto, encolhido como um feto ainda no ventre materno, angustiado. Há o medo do mundo. E os olhos fechados insistem na distância. É um jogo de quase morte e seu corpo, paralisado, acalma. Ele não quer sair, afinal, há décadas que é visitado diariamente pelo monstro da vida. Morre desde que saiu do corpo da mãe. Foi parido pra insanidade. A rejeição mais profunda que o homem sobre o colchão sofreu foi ter nascido. Ter sido abandonado do corpo de sua própria mãe pela natureza fez de si inseguro, vida que ruiu.

— Você é doente. Estou indo embora.

A forma mais inútil de suicídio é aquela que mata. Cortar os pulsos, pular de um prédio, tomar remédios, jogar-se na frente de um trem — tudo que resulta em morte — é fugir. Morrer de verdade é insistir em viver.

Após atravessar com dificuldade a lama que envolve todo o prédio, duro e sem alma, encontrar portões com grades, cadeados, e entrar, medroso: um lugar abandonado, vazio. Há uma TV passando a Fórmula 1, lembranças de todos os domingos em família. Nas cadeiras alguns seguranças não percebem a presença. A recepcionista, seca, fria, quer identidade e endereço, sem olhar nos olhos. Depois de fichado, aguardam, olhando as paredes. Ela o abraça, aperta, tenta dar confiança enquanto ele desconfia, medroso de ter restado somente pena. Os eletrodutos misturados, entrecruzados, embaralhados, bagunçados, incontáveis, surgem das caixas de força e se espalham pelas paredes, entram e saem sem nenhuma coerência, planejamento, cuidado: esta confusão, a distribuição da energia do Centro Psiquiátrico na Praça da Harmonia, é o que o paciente — que espera — enxerga sentado, desconfortável. Em sua mente perturbada, emocionalmente enfraquecida, nas vivências que não se encaixam, ele encontra metáforas, simbolismos, o totem onde seu sofrimento é cultuado. Há secura da garganta.

— Será que sou louco?

Há algumas árvores no pátio e busca nelas uma força que o leve à realidade. Enquanto se força à normalidade retirando cravos do seu rosto, ele encontra raízes tão emaranhadas, furando a terra com tantas incertezas, que mergulha no seu subconsciente perigoso. Então caminha e segue diretamente para suas neuroses, tão profundas. Retoma seus pesadelos: tudo aquilo que o fez chorar angustiado, pedir ajuda incontrolavelmente, implorar pela compaixão, ajoelhado, se humilhar por um fio de amor, uma chance, possibilidade, algo que a fizesse enxergar, o perdão não aceito, não são nada mais do que o medo de sonhar sozinho. A realidade se foi. Os limites não existiram, o controle das emoções ruiu, a violência tomou lugar: a natureza selvagem, o ser bruto.

Deitado, descansa. Não quer sair dali, daquele lugar, onde se sente bem. Mas o segurança com bigode pede que volte à recepção. A médica finalmente chama para a consulta. Estão numa espécie de garagem com consultórios improvisados onde talvez existissem banheiros ou apenas vagas para ambulâncias. Há um carro abandonado bem em frente, sendo destruído pelo descaso. Estava envergonhado até o momento em que a pessoa fechou a porta do consultório. Estavam muito perto, os loucos. Isso o incomodou. A vergonha se tornou pavor. O foco foi a violência: ele quebrou, agrediu, tentou se matar, não suportou o fim. Pensava naquele momento em como aquela psiquiatra poderia ajudar com informações tão superficiais, sem saber profundamente o que se passava, o que estava por trás, o que tanto o angustiava.

— Você pode ficar aqui alguns dias.

O segredo é esse. Dia a dia. Aí o negócio curte, apronta, satisfaz-se. Ida e volta. Mesma mesmice. Quem disse que não se aprende a viver depois disso e daquilo? Uma aqui e ali, rasgando a garganta, fazendo de todo mistério apenas bobagem. Rotina. É o que ele é. Manco, encostado, perdido, acabado. Um quê sem importância, um chute mal dado. Mandado pra selva, procurado no quinto dos infernos dos fiados e penduras.

Um abandonado.

Aquele tipo de gente: rasgado, sujo. Jogado, estirado, duro, teso, liso. E feito. A mão procura, guimba, acende e fuma: é manhã. Corpo carcaça no automático, lento, assim mesmo, vai. Banheiro, cozinha, café, rua. Rosto marcado, magro, barba grossa, olhos de velho. Envelheceu. Olha pra baixo, vergado, anda, cambaleando, cai não cai, esquerda e direita, cotoco de saudade, vontade grande. Silencioso, sempre, cotovelo encardido, uma enciclopédia. Copo e garrafa. Não quer apoio, nunca quis. Orgulho próprio. Entre uma moeda e outra perdida no azar, esquece nas luzes, botões, piscas-piscas, lâmpadas verdes, vermelhas e amarelas. O bicho é que o tempo vai passando, a cabeça espreita o que foi e fica. Sem jogo de cintura a coisa aperreia, apoquenta o peito. Duas, três vezes, o olho incha. Mas ninguém percebe. Amarrado no balcão, perdido da vida, acabou-se sem ela, a mulher ideal. Quando vê que acabou, desiste. Covarde. Levanta a poeira e começa a caça, esquina vai e vem, cada calçada um cuspe. Até que encontra a casa do capeta, quente, gargalhando. Em festa. É o caso de parar, fazer amizade.

Se diverte com as erradas. Tudo brincadeira, zoação, peteleco. Por isso, não presta. Dança. É peixe e lá tudo é movimento. Isso, sinuca, Caracu, caiu as fichinhas? Fica esperto. O lusco-fusco um dia cobra e créu, na velocidade. Malandro não existe, na Praça Mauá é todo mundo torto. Otário com sorte. Já foi, mas o exercício é outro. Nunca sofreu por antecedência. Só faz por sentimento, calor humano. Tem que ser bom em pam, pam, tim, pam, pam. Um cartão de visita, uma boa entrada pra esse incêndio gostoso, quentinho. Começa sempre do início, sem conta de mentiroso. Aperta um aqui, pra relaxar, na frequência, aquele ponto. Em pouco está vendido, algemado, salmo 57 pro lixo. É hora, é hora. E só deu vinte e um na federal.

— FICO MAIS LIGADO QUE
TELEVISÃO DE RODOVIÁRIA.

Enquanto a certa não volta, esse furdunço engomado leva. A mesa dobrou, jogo zerado. Nem adianta pedir penico, é ferro quente. E vamos todos seguindo por misericórdia. Ele vê outro motivo? Se perde. O diabo carrega. É um tipo, investidor, aposta alto: afinal, o que tem pra perder? Quem tem medo de cagar não come. O resto é número, zero à esquerda.

> — Quem entra pela saída
> não sabe de onde veio.

Vaza. Se adianta. Parte. Pica mula. Mia pra trás. Mundinho esquecido. Só sombra e escuridão. Corre que dá tempo. Amanhã joga na milhar. Vai dar porco e a carne é por conta. Vira rei nessa situação. Inverte as posições. Xis vira Zê. Nem adianta voltar. O tempo é outro. Mais rápido que seu desejo de faturar com a ginga. Pendura seu milanesa, a conta é do papai do céu. E não adianta ficar jururu, galinha que acompanha pato morre afogada.

Um dia tudo isso acaba. Mas não espera. Prefere continuar naquilo e se ela aparecer nestas poucas e boas, que seja. A mulher que, guardada nos seus pensamentos, mínimos, não incomoda mais, nem ele sabe. Faltou tempo apesar de tudo. Por isso não espera, só sente que chega uma hora e a coisa desanda pra valer. Enquanto isso, o fim do dia. Exagerou no traçado, mija nas árvores e a vida passa. Torto, tropeçando, resmungando, volta. Voa avoado como pipa da mocidade. Acha o caminho, chega. Banheiro, cozinha, café, cama. Pensa no amanhã. Não vai parar. Ela não vai voltar para ver um homem assim, assim, pouca coisa.

Dos bicos, empregos rápidos, o circuito dos angustiados, que não deram pra coisa. O existente que não entende trabalho das nove às seis: corre-se todas as horas. Estar a balançar na rede, sentado na calçada do botequim, dando seu pito, na motocicleta pelas ladeiras — para ele — tudo é trabalhar. É uma inversão epistemológica do conceito de felicidade. O tipo vagabundo que revoluciona. Não existe cartesianamente, mas no vão: a gênese que faz o exu. A média entre ser empregado do doutor e funcionário da companhia. Há quem não separa o suar do cotidiano, o viver sem rachaduras.

— BORA, MERMÃO!

Por isso mesmo a contradição — produto de nosso meio — o batiza pela vizinhança: desocupado. Crítica rasa dos que lhe invejam o estilo. Pelos que dividem as ampolas a percepção é entrelaçada, necessariamente. Um sujeito no *front*, pronto, sem rendição e desenrolo.

O que tem pra ser feito será. Sem caô, lero-lero, falou tá escrito, a batalha. Basta ser convocado: o primeiro tiro a ser dado pelo inimigo. Mesmo na alvorada: madruga pra dormir a sesta em serenidade fisiológica. Só descansa profundamente o despreocupado: aquele que almoça. E isso é lei, tanto aleluia quanto saravá.

— Não deixo pata de caranguejo.

E o lazer está misturado por completo, o vínculo essencial, a barbárie que o torna profeta. Se entorpece para ser devagar e sempre. Nasce daí o sorriso — aberto, demorado, enfumaçado, quase sem dentes — que é uma metáfora para todas as teorias sociais. Há sempre alguém que escapa, não entra na estatística. Como ele que não sabe. Desconhecer é o que faz indiviso. E saber cuspir vantagem antes do jogo.

— Bagulho é doido!

Cordialidade bruta, sistemático e marrento, aceita ideia. E comove. Dos que tombam em sua lábia só certeza da fidelidade. A mesma que demonstra cuidados domésticos todo santo dia: é preciso. As histórias que conta não nos entretêm mais do que a ele mesmo. Verdade que se comprova em convivência. Enquanto uns o tiram como parado, é um movimento diário onde possibilidades aumentam, crescem as chances. Sabe insistir, por isso. De motorista, foi chofer de escritor famoso, assistente de elétrica em quermesse, vendedor de batidas na barca, representante comercial de firma de computadores, relações públicas de eventos, carregador de equipamento de som, e mais o que cair na rede, que o orgulhe, pois é dar sentido a algo, uma existência que renda epitáfios.

— Não é tudo uma porra só?

Os calos esquecidos, pé firme, sandálias de couro e as pedras portuguesas pela frente. Dor na lombar, aperta, segura, estanca, foi. Decidido, passo por passo, passo por passo, sem pressa, calmaria, caminhou. O esgoto corria rente ao paralelepípedo, desviava às vezes, atravessava, continuava. Então, salta, pula, o seu jeito. Não se dá conta do cheiro insuportável. Sem objetivo, finalidade, direcionamento, errante. Um desgraçado que atravessa. Infeliz, tanto, que anda sem sentir músculos, suor, respiração, batimentos cardíacos, nada. Olhos boiando na vala, língua saboreando salgado, dedos que esfregam tentando impedir o fato: estar vivo é isso. Prossegue como se fosse tal andança uma marcha em homenagem a si mesmo. Aquele que, mesmo ardendo o fundo da garganta, deixando escapar o último elã da alma, anda. Para trás as encruzilhadas, vielas, transversais, becos, escadarias, curvas, alegorias de suas escolhas não feitas, tentativas não realizadas, buscas esquecidas. É uma incoerência. As pernas avançam, como dois soldados — orgulhosos e ignorantes perdidos no *front* — que resolvem acabar com a guerra que não existe mais. Assim, prossegue seu idílio platônico com a perda. Tenta escapar do destino, da carne, do corpo, do sangue nas veias. Enquanto tudo se esvai, como as poças que se desfazem pelo asfalto, a existência diminui, enfraquece, acabando aos pouquinhos, centímetro, metro, quilômetro, a cada polegada. O que lhe resta? A sola que o liga ao chão, que o mantém nesta função, quente, de andar pelo que ainda pode ser depois de tudo. A borracha que desgasta, apaga na pisada a linha que o prende a alguma coisa, qualquer coisa. Está ali. Pronto para sabe-se lá, essa imensidão, o mundo pela frente. O campeonato não pode parar, assim, por desistência do time da casa. Enquanto enxergar um caminho a seguir, seguirá, incoerente, passo por passo, seguirá, mesmo que seja o caminho que já esqueceu: o de volta.

Corredor entre dois muros. Residenciais. Porta na beirada. Frente pra calçada, larga. A lona amarrada, gente sentada, encostada. Sombra. Um varal de amendoins, polvilhos e azeitonas. Salve, São Jorge, São Sebastião, São Cosme e Damião, Seu Zé Pelintra e o povo do portão. Há meia-porta, vitrine. Doce de abóbora, paçoca, bananada, bala, bola, chiclete. Pendurada Nossa Senhora Aparecida. Pião, gude, estalinho. Cartazes nas paredes, prateleiras sustentam cervejas — cachaças, vermutes, traçados, cascavéis —, preços abaixo. E um caderninho.

— Tá gelada?

Há o alho, a cebola e a batata. Que chega. Balança de olho, garantia. Os concentrados, em pó, uva, tangerina, abacaxi e limão. O caldo, sólido, tempero preguiçoso, farsa. O guaraná, retornável. Assim como os cascos, variados, que prometem volta, mentirosa. E uma e somente ela ilumina o possível, fosforescente cem *watts*. Mas nem precisa. Esconde. Denuncia o radinho AM, no policial. Com chiado. E cartões, riscos, ranhuras, dão endereços, telefones, serviços gerais, assim é a propaganda no estabelecimento de uma geladeira, sem alvará.

— Quanto dá uma caixa?

Quem atende, carrega, pesa, repõe, dá a cara, é um só. Geralmente bigode, magreza, pelanca, velhote, coroa, diretor. O que não dorme. Das seis da manhã, vendendo café, até depois da última novela, servindo marafo. Cuspindo e reclamando. Engradado, cadê? Essa chuva que não vem, o calor que não vai. O azul balança conforme o vento, barbantes seguram. Não vai ser agora. Cigarro entre os dedos, costume. Apagado. Então pede a bufunfa antes, confere, que não é bobo. Somente as moedas — confunde. Já foi.

— SEGURA ESSA, PENDURA.

"Açafrão, cominho, erva-doce, pimenta-malagueta, hortelã e gengibre? Uma cambada dando pinta por aí, querendo ouvir o canto da sereia. Então fiquei esperta, esqueci. A lagartixa sabe em que pau bate a cabeça. Vida de rua é isso. Essa coisa toda, uma referência, que seja. Cheiro-verde, salsa, coentro, cúrcuma, páprica, dedo-de-moça? O sustento é longo. Não é vida de marajá, fim de semana blau-blau, sem correria, hora certinha do almoço. Aqui é bolso esperando, sem esquema, semana que vem acerta, estufa o peito e, sem garantia, já vive contente, curtindo o que merece. Pra mim não acabou. Mas alguma coisa tem que esperar, ficar pra trás. É decidido, fim de ponto. Cebolinha, pimenta-do-reino, manjericão, alecrim? Não é mole, não é mole. Essa rua, quando chove, ninguém confia. A gente olha, prega, reza, faz o cacete, não deixa por pouca miséria. E fica essa lama, o esgoto, o bafo do lafranhudo. Não sente? Eu que sofro, assumo. Fico aqui, vê? Vou misturando, socando, cortando, separando. Coisa pouca, que pra mim já basta, sou eu sozinha. E Deus, nosso. Uma conversa mole, um papo gostoso, tal, tal, tal, necas de pitibiriba. O que importa é não sujar o pé. E meus temperos. Você acha que essa caída — esse treme-treme meio leva e traz — é coisa do outro mundo? Quem disse que crente não dá seus pulos? Onde está escrito? Pra isso existe perdão, pra pedir. Orégano, páprica, cravo, louro, alfavaca, tomilho? Gosto de um remelexo, de um escorrega. Aquele esfrega, um suadouro, o tiroteio comendo solto. Eu me jogo. Sem culpa. Depois me ajoelho, imploro, canto, evoco, graças! É cada um por si, Ele por todos. Tenho religião pra quê? Vou lá doar meu trocado, aquele contado, e não levo nada? É igual a comida. A gente disfarça com tempero. Até merda fica boa bem temperada, veja só. Olha aí, do lado do louro, a bíblia. Penso besteira, faço e desfaço, pego, leio um versículo, pequeno, lorota, sapequei, a fila anda. Preciso sacudir! Sou velha, mas não morri, dou meus caldos. Pergunta, ele gosta. Igreja é pra gente, que está assim, lá no fundo, no merderê. Se fosse todo mundo santo não existia. Fico aqui o dia inteiro nas misturas, sei bem separar tudo. Já chega. O doutor vai levar alguma coisa?

— Limão pra cachaça."

Era absorvido cada minuto. O certo pelo duvidoso, dois de dia e vinte e dois de noite. Um amargo no andar, no vestir, no corpo sem razão. No céu claro a labuta tirando couro, ralando como burro de carga, sentindo o gosto do pão amassado pelo rabudo. Quando hora escura, a dor no fígado rasgava, estava na capa, queria esquecer depressa.

Nesse ir e vir um azedo impregnava, escorria pelos poros e alagava a camisa. A baba pelos beiços, a cabeça mareava, olhos fechados. Em pé. Um dia inteiro, a fervura nos braços, o pé arrebentado, a cabeça estourada. Ponto entra, ponto sai, ponto entra, ponto sai. Rotina maltratada, a voz logo solta, crescente:

— Merda, merda, merda!

É tanto faz, seu tempo passa e continua. Um animal sem história, sem raça. Vadio, correndo, buscando outros mais sujos, querendo achar alguém. Para esse tipo não existe alma gêmea, amor ou príncipes cheios de ti-ti-ti. Por isso revira seu passado, procurando outros sonhos. Mas é um ninguém, poucas lembranças, sentimentos rápidos. O amor que não se espera mais. Vai sempre pelo cheiro, forte, alimentando o desejo de se afogar pelos tragos, que é o único antídoto para o merderê, cavando fundo no espírito, tolerando, dando mais um tempo para o fim: sete palmos. Lá onde os porcos como ele se divertem, sem palavras, engordando para virar torresmo, aquele mesmo que tanto provou vendo passar as voltas que o mundo dá.

Assim a vida, nenhuma maravilha, sem dúvidas ou pensamentos, na ação, cheirando e comendo. O trato é na hora do vamos ver: sempre tem quem goste.

A coruja dorme, o galo canta, os trabalhos começam, a rua enche. O velho caminha. Sapato limpo, sola gasta, enganada. Linho caprichado na goma cai perfeito, liso. Buracos, sujeira, descaso. Todo dia está lá, descendo as escadinhas. E já não percebe. Aquele que ao olhar dali já viu um rumo, hoje, renunciou. Nada mais, apesar. Perdeu tudo que nunca teve. Por isso, segue. Apenas mais um que ficou e faz só o que tem que ser feito. Sem chorar o leite derramado. Ele é apenas isso. Vivendo o mesmo. E só. Abre o recinto, arruma, limpa, esfrega, enxágua. Segue um sorriso amarelo. Entre umas e outras, ninguém vê a talagada escondida. Queima o gogó e voa sua alforria, esquece. Afinal, não se pede para nascer.

"Meu bolso não é furado, não sou larga. Sabe o preço de uma porção de azeitonas? Muito menos deixo de pesquisar, de bar em bar. Um saco de amendoim? Veja meu lado, quarenta e quatro horas, de segunda a sábado. Algo assim? Vira, aperta, puxa, solta, bate, pra tirar um qualquer, abaixo da média, mínimo. Umas fatias de salame? Pego e aproveito o domingo, fujo. Um pão fatiado? Sempre a mesma coisa, chego feliz, sorriso bonito. Um caldo de mocotó? Peço uma que levante, um tira-gosto esperto, pra voltar tinindo. A cerveja mais barata? Agora veja. Gelada? Com uma conta dessas, não volto mais. Ninguém percebe a inflação? É muito suor para tirar esse lazer, uma pouca bobagem. Será que sou eu a errada? Sem incomodar a clientela. A mesquinha? Visto a situação, não gosto de cabeça quente. A pão duro? Eu só não me conformo. Mão de vaca? É um absurdo, tudo pra lá de Bagdá. Pilantra? A gente sendo carcada por trás. Será? Levando sem vaselina. Você acha que me engana? Entrando com tudo, comigo não é assim. E tem dez por cento? Eu preciso reclamar, denunciar. Onde já se viu? Soltar o verbo, tentar mudar, não posso aceitar essa exploração. E o ovo de codorna? Sou Juçara, esqueceu?! Tá achando que nasci em berço de ouro? Comigo não tem malandragem, gente esperta demais.

— MAS NÃO VALE UM FIADO?"

Esfregou as duas mãos e deu uma risada boa. Pediu de palha e dois dedos de conhaque. O povaréu correu pra se benzer. Veio quente. Baforada de lá, farofa de dendê, pimenta das sete qualidades, um galo branco na encruzilhada. Filho da malandragem, nascido no catimbó, criado na beira da estrada ou subindo ladeira. Dançava o samba no feitiço. Laroiê, Exu! Olhou pra ele. Já foi preso nas grades do inferno, vindo do quinto, correndo de labareda, assustando até pregado na cruz. A raiva no rosto, torto, e tudo pegando fogo. Não tem ó do borogodó com protegido do capeta, cruzado nas sete linhas, vai ver vivo cair e morto dançar. Pra semana o negócio melhora, tudo apruma. Vai arrumar uma decente, o futuro na linha, confia. Precisa só de mais um trato, qualquer coisa.

Cambaleou, segurou na quina, a mão no peito, embicou o beiço, trincou os dentes. Corria de mansinho, à boca pequena, que o tal tinha jogado na cabeça e deu no grupo. Daí achou que merecia comemoração, não era? Aquele que não chega lá. Afogado em revés, poço de amargura, quando sobra um dindin não tem outra: faz e acontece. No antigo de sempre que começou a patuscada. O pileque possante, cobrindo de bem-estar aquele folgado, no tostão e no vintém. Sorriu para o balcão, pediu azeitona. Depois deu vontade de um não sei o quê, cheio de folia. Desvio. O caminho era conhecido, sem dificuldade. Respirou e foi abraçar o que lhe cabia. Olho aberto, seguiu uma reta, sem jogo de cintura, feito bola preta indo pra caçapa. A situação, aquele frio na alma e o mundo na cortesia. Cabeça solta, muita alegria só dá lesco-lesco. Pagou os trocados e, encachaçado, foi pra rua sentir o que merecia: o seu lugar.

Todos estão ali no mesmo sofrimento, fugindo dos mesmos erros, correndo das próprias escolhas. Cheia de espinhos, voz rouca, já fez alegria. Os copos se enchem e ele mergulha. Encarna, incorpora, mistifica. Avisa, aconselha, indica, no bar, no balcão, na mesma mesa, e os perdidos, desajustados, desregrados, amargurados, encantam-se pela palavra de quem antes era só corpo. Naquela noite, em cada sorriso há aquele brilho dos dentes pra fora, de quem sabe uma ou duas coisas.

"Você viu o Passat novinho? O ronco? Escutou o estéreo do toca-fitas? Quantas caixas deve ter? O vidro fumê? O bracelete pra fora? Reparou? Você não percebeu? As rodas não brilham? Então? Sentiu? Eram quantas lá dentro? Três? Fitou a preta? O tamanho do lombo? Gostou? Ganhou na loteria, né? É só essa presença? Garantida? Sem timidez? Jogando à vera? E pra gente nem uma buzina? Não se lembra dos de cá?

— Tremendo sortudo."

Vê, até pouco tempo, pedindo aqui um qualquer. Chorando no Moinho uma diária. Braço dormente no guindaste, pipocando no zoológico, apelando pro escocês, trambiqueiro. Ninguém dava porra nenhuma. Encostado, vagabal, malandreado, piroca. Cartão de visita do capeta. Quem era esse vadio? Um Zé Bunda. Até pra bom dia tinha preguiça. Nunca moveu um dedo. E o sorriso largo, como se fosse o dono de ponta a ponta, desde o Caju. Parecia que adivinhava.

— Cu virado pra Lua.

E agora chega, não reconhece, aqui ó, os que seguravam, aqueles que um dia um cigarro, a entrada no Thalma, um paio no Jóia. Isso aí é o que essa gente merece. A falta de reconhecimento. Essa amizade de bilhar. Quantas vezes o engraxate como desculpa pra viração? E não mostra sentimento. Custava dar um como vai? Agora vem pegar as menininhas, fazer fuzuê, bagunçar, tirar onda, aqui, debaixo do nariz. Nunca enganou, é daqueles da distância. Por isso não esquenta. Ele que abra o olho só, sabe que tem coisa pior que macumba, o povo não tem limite, um dia a casa cai.

— Muita sorte é azar.

A ponta da língua toca o céu da boca, os lábios se curvam pra dentro, a mão esquerda segura e a direita aponta pra frente como uma arma a ser disparada. Descarnado, puro osso, reina nas pernas de mosquito. Quando moleque, marcou em si o ouro do pai na corrida rústica. No futebol, um passarinho, brincando raso, deixando os beques com sede. Como a dos marinheiros e suas despedidas da noite beirando o cais que via correndo, saltando, sonhava atleta, o brincante, em plena rua Jogo da Bola.

— É O QUE TODO MUNDO QUER.

De sequência os pés bailarinos na fama dos bailes, festas e batucadas: como um mestre-sala, alimentado de pose, ginga, leveza e sorriso escancarado. Um empolgado que viu nascer de bêbados infelizes com seus repiques e tamborins os carnavais das avenidas. Aprendeu que há muita tristeza em fazer sorrir o vizinho pra banda passar. Sabe quem o vê acender um morteiro antes do galo. É como atinge o céu e grita lá de cima, de doer. Como pode, não se segura: chora escondido. Bate o punho fechado no peito.

— NÃO TEM PRA NINGUÉM!

Está todo em seu corpo. Olha a hora, conforta, pega a bebida. Todo vivente sente. Aquelas que arrebatam, deixam a ponta da faca no fígado, a boca seca. Mas há sempre a que passa pelos olhos e reflete no outro. É um apaixonado por ver a paixão em nós. Satisfeito fica quando encontra quem se encanta ao ouvir o surdo evocando: o estandarte azul e branco com uma coroa dourada está entre os foliões. O comandante que acreditou em seu navio e não se jogou ao mar triunfa ao atravessar as ondas, marés e tempestades. Ele volta ao cais, sem pressa. Quer que as pernas não voem mais. E a natureza o impede: toda paixão é efêmera, vive de arrepios. Então está lá na frente, tramando desde o abrir dos olhos o próximo desfile: aquele único de que não se lembra. Não há nada que mude isso. Nem os que desejam o contrário.

— Só Deus e um bom advogado.

— Como é?!

Uniforme, bigode de morsa. O aperto de mão, ininterrupto, cacoete, incômodo pra quem recebe, calejado: intimida. Está alto, grogue, a boca liberta o hálito entre o vazio dos poucos dentes. Ameaça — aponta o dedo em direção ao mundo que conhece: a roda de samba — e exige. Quer brincar no repique. Mas é daqueles que respeitam, raros. Espera, olha, bebe. Acha um pra carimbar, assinar, autorizar sua entrada. E indicar, apontando o nariz, a sobrancelha grossa, o lugar que, óbvio, é dele.

— Então?!

É um que não fica parado. Balança em passos, entorta o botequim: dança, dizem. Pra quem conhece, entende a sincronia. Criou-se na batucagem, assim segue. O corpo se movimenta como o solo da mão namorando os toques da baqueta na pele, marcando agudo, anunciando a deixa. Não tem quem não se embasbaque. Desdenha, mostra que sabe o mistério. O instrumento é também. É ele.

— Porra...

Perde a paciência, ganha o dom, atravessa. Ouve-se o silêncio entre. Tudo espera. A brincadeira começa, repica, desenvolve, na repetição imaginativa dos que se amam e sabem, ao respirar, no cair do suor, a hora de revirar: a cambalhota da volúpia. Esse nem percebe os que estão. Ri o riso dos que não precisam de plateia. Em si já se basta. Chama à responsabilidade. Retoma, leva, entrega. Faz sua parte e deixa o batuque. Tira a sua. E sai, como entrou.

— Qualé?!

Chegava sempre sorrindo nos cantos da boca. Parecia que não pisava no chão, flutuava silencioso. Mas marcava presença. Chapéu na cabeça, tombado para a esquerda. Bonito de se ver. E o que importa? Sua vida era sem exageros.

— Bacaninha, uma média.

Depois ia gingado, suave, ritmado. No compasso, até a bilhar. Entre goles de quentura segurava o taco, com a testa fria, olhando sempre ao redor. Mostrava intimidade com o negócio.

— Qual é a pose?

Tornou-se um astro. Dedicação exclusiva ao tapete verde da glória. Quem o via invejava. E lá seguia o agora corpo mole, bagunçando o coreto, mostrando rebeldia nos ângulos que nem Arquimedes supôs existir. Sua elegância não guardava, era sugerida aos determinados que encontrava.

— Dê o nome, por gentileza...

Depois, grana no bolso, pouca, pois que muita não prestava ao seu desacostume com extravagâncias, seguia seu rumo. Lugar de beber não era onde ganhava. Como dizia: "bebe-se para perder". Parava noutra esquina dessas. Olhava o ambiente. Segurava uma nota no seu batuque.

— Dá uma bagaceira.

Tomava em goles pequenos, maliciosos, saboreados, metidos a entendedor. Esperava a roda começar. Não tinha pressa. Puxavam logo uma cadeira, que, negando a idade, ficava em pé. Era ainda homem forte. Precisava só de um belisco. Pedia o que já sabia procedência. Era esperto. Metia lá pelas tantas uma boa e gelada cerveja preta. Ficava acordado, então, até amanhecer, cantando, melodia triste, abafante, diminuindo. Só levantava a voz no refrão, martírio. Melancolia a romper os desejos de alegria. Profunda concentração, o samba subia a qualidade, merecido interesse. Vivido, sabia levar.

— Quá, quá, quá, quá.

O Sol raiando, as portas fechando, abrindo. Temia pensar. Ficava olhando, admirado. Não como se fosse o último, mas o primeiro. Estranhava os lugares por onde sempre passara. Descobria novos buracos, frestas...

Até que chega. Abre o trinco do silêncio da manhã. Tira o chapéu e cambaleia até a cozinha onde tira os sapatos sentado na cadeira. Fuma um último para lembrar com calma das coisas que se passara. Bebe um gole d'água e, exausto, deita. Liga o rádio, baixinho. Abre mais um sorriso, bobo, e começa a dormir.

O velho carregava o peso. Palmas, rosas, coroas, velas e sal: aos quilos. De costas para a ladeira, subia dando pequenos passos para trás, às avessas, forçando os pensamentos ao contrário — fingindo que descia para si — ele enganava o cansaço antes mesmo de começar, de fato. O suor sentia pela língua, a tentar saciar, inútil, a sede, já necessária. Os braços imóveis, arqueados, para o alto, seguravam o sacrifício. Não podia largar, folgar, descansar, caso feito, fracasso, a encomenda ficaria no chão, e ele em vão com as consequências. Talvez se não tivesse feito o feito, talvez se não tivesse bebido o bebido, talvez se na madrugada a madrugada ficasse, os paralelepípedos que via, na descida, não seriam tão poucos. Pois que ele subia de ré, enganando Curupira, o homem que nem sabia folclore.

— AVE MARIA, CHEIA DE GRAÇA!

Fosse no passado, preto como é, apanharia. A ladeira, a mesma onde falta o fôlego, era do capitão João, que de touca e camisola negociava como mercadoria o corpo dos sem alma. E nesse momento de vacilo, que ignora, seria no vira-mundo seu arrego. Mas estamos no presente. O único castigo que terá de suportar é o de subir. Nos seus devaneios, pensava: quem sabe lá em cima arrumo uma, pros finalmente? Por isso ainda insiste, o homem que não lê. Apenas mais um que anda pra trás achando estar cortando caminho. Repetia como uma reza de Exu, murmúrio, os beiços pra fora: Jogo da Bola noventa e sete noventa e sete Jogo da Bola Jogo da Bola noventa e sete. O foco na entrega, endereço do alívio, a capela. O ponto de partida.

— O Senhor é convosco!

As senhoras andavam de um lado ao outro da rua. Estavam excitadas, preocupadas, com razão, o que seria da festa? Então não haveria o florido da homenagem, a benção, imaculada? Onde estaria a encomenda, o entregador, aquele acabado, um carcomido? Ninguém sabia. Acenderam uma vela. O que se pode fazer é rezar. Pedir para a santa um milagre em seu dia, talvez. Não haveria de ser nada, já ele chega. Vai ficar tudo bonito, divino, gracioso. O salão enfeitado, coroado, imponente, a marear sustentado nos ombros tortos.

— Bendita sois vós entre as mulheres!

As janelas abertas com toalhas brancas dependuradas. O homem espiava. Limpas, engomadas, perfumadas, assim nunca vira. Um conforto seria, como dormir em colchão, ter cama, um travesseiro. O homem só queria pedir penico, mas não podia. Imagina se parasse, nem no meio, desistisse? E se jogasse tudo no chão, deixasse rolar, chutasse pro alto? O rosto pra baixo, mirando os pés. Não teria forças. Os mesmos pés que, ontem, telecoteco, ziriguidum, hoje como defuntos, no caixão. Sem respiro. Culpa do exagero. Pense no dia de amanhã, diabo, aconselhava-se. E o próprio gargalhando em seu ouvido.

— Bendito é o fruto do vosso ventre!

O padre foi de automóvel e já estava na praça major Valô, de turíbulo, a defumar. Nos pensamentos uma dúvida, enquanto dois anjinhos passavam: por quanto tempo mais a tradição? Todas já de cabelos brancos, artrites, pernas curvadas e as netinhas pensando em esfregação. Haverá ainda domingo de manhã? E ave Maria às seis da tarde? Os soldados também miravam, do alto da Fortaleza, com a certeza de seus uniformes, o alvo da descrença. O corpo provando a inexistência de espírito, benzeu-se o mais descrente dos pinguços do Morro da Conceição.

— Santa Maria, mãe de Deus!

E o homem, que nem havia chegado na metade do sacrifício, sentiu o perfume do peso e a leveza do tempo. A pressão da nuca já se tornara maior que a do estômago. Os olhos enxergavam horizonte em curva. Necessitava de alívio, um arrego, debandar. Desistia dos pratos de comida, do radinho de pilha, da camisa rubro-negra, da batucada na porta da hospedagem:

não havia futuro. Vive-se para isso, então. E o que ele poderia perder? Era só mais um. Bruto, mastigado. Precisavam mesmo dele para isso? Será que ele levava fé daquele povo, do alto daquele morro, em suas costas? Ou era só uma questão de enfeite, maquiagem, esconder o bonito que é não ter nada? Era ele, assim como Cristo, na cruz? Os joelhos estalaram. Podiam ficar sem a belezura, talvez? A se distraírem com as rezas? Essas que se cantam, como na televisão. Cambaleou.

— Rogai por nós, pecadores!

Caído, lambendo pedra, as flores fizeram um espetáculo, voando para a finitude. Um tapete de sal desenrolava-se bem a sua frente, guiando pelo caminho do fracasso. Ele, o homem, sorria. Se precisasse de uma razão só em toda sua vida, lá estava: o fim. Com a visão da cobra, rastejando, viu a correria no alto. Carolas, coroinhas, fiéis, padre, soldados, todos vinham ao seu encontro. O milagre estava feito.

— Agora e na hora de nossa morte!

Não tinha mais força, energia, vontade, tesão — pra piscar os olhos, ao menos buscar, no teto, infiltrado, algo. O colchão afundava, fedia, encardido, abraçava, engolia, como um caixão, acolchoado, ortopédico, antialérgico, mofado, entre suspiros e tentativas, a poucos centímetros do chão. E o mergulho, sensorial, uma tentativa, frustrada, de se mexer. Faltava o ar, prendia, até não aguentar e buscar a saída, o alívio, emergindo para a inércia. Era depressão, doença, maldição, praga, olho-grande, o capeta no corpo, diziam, a benzedeira confirmou, benzeu, correu, fez figa, rogou milagre pra Nossa Senhora da Conceição, padroeira do morro, nunca se sabe. A janela fechada, cortina presa, sem liberdade pra luz, pra quentura, pros ácaros dançarem no raio que escaparia. Está abafado, só a circulação do sangue, forçado pelo coração, que resiste, prova ser contra, demonstra anarquia diante de, o corpo que não responde ao desejo de morte: o seu elã vital. Resolveria, fácil, rápido — aquela corda no pescoço, a navalha no pulso, o salto do parapeito, o copo de pílulas —, se não faltasse até para o ponto final, o último suspiro, o adeus, uma folha de papel para as últimas palavras, inúteis. Definhava como um paradoxo nos devaneios de um filósofo. Mas sem o suficiente. Não bastava: queria a escuridão nos pensamentos, sem saber, queria parar de pensar, esquecer, esvaziar, tirar de si, expulsar o outro que vive, misturado, como um só, a reação pelo abandono da alma, o que completa o sentido de tudo. Nessas horas nada mais:

— Só.

Morreu. Beleléu. Capinou. Partiu. Não sabe? Foi pra Orum. Empirulitou-se. Desencarnou. Não está mais entre nós. Faleceu. Deu seu último suspiro. Pediu pra sair. Arregou. Pelo menos não sofre. Mais um que se foi. Assim, de repente. Estava doente? Coitado, merecia descansar. Ajuntou os pés. Apitou. Atravessou a alma. Atou as cordas. Bateu as botas, o trinta-e-um, a canastra, a caçoleta, o patau, o prego. Esticou as canelas. Deu o berro, o pio, a estica. Desocupou o beco. Simplesmente desviveu. Deu adeus. Descansou em paz. Dormiu o sono dos justos. Embarcou, entregou sua alma. Fechou os olhos, os pés juntos. Fez tijolo. Foi pro saco. Marchou pro andar de cima. Passou desta pra melhor, fez sua última viagem. Virou defunto, anunciou o decesso.

— O ENTERRO FOI HOJE.

Um moleque — faminto e sedento e duro — encosta no balcão. Pra ele, um dia sem futuro: aquele em que a perspectiva do devir é menor que a possibilidade do presente. Instante momento, sem visagens, profecias ou previsões. Não havia o tempo que passa. Era ali o agora. E nunca mais. E essa vivência do cotidiano, amarga, porém doce, construída das intercessões, dos esbarrões, das trombadas, surpreende. E faz isso lá na frente, quando acontece o que ninguém imagina: a consciência da nossa insignificância. Nesse movimento, que também é findo, pois se manifesta no envelhecer, caminho da morte, mora a arte do encontro, a surpresa dos que se permitem aos sustos.

— Pescoço de galinha?

A velha travesti, panela na frente, cigarro nos dentes, pergunta por ele, finalmente, sentindo necessário. Até os olhos brilham, o bucho ilumina. Pediram branquinha e arrumaram pimenta pra galinhada na esquina da Prainha. Estivadores, engraxates, bicheiros, entregadores, burrinhos sem rabo, pinguços do subemprego, os que não negam prato de comida, repetem e lambem os beiços. Todos comiam, ela bancava. Um belo dia de perfurações e rasgos na carcaça do dia a dia. Apresentações, apertos de mão, ratatá dos líquidos, abraços de alma e sorrisos de lágrimas. Como nós — os somente unidade — se dão.

— Morreu?

Mancando, chorava encostada. Estava só, enfim. Um banzo, doído. Sofria, angustiada pelas dores incuráveis dos vivos que restam. Já haviam morrido todos, e ela, predestinada, corajosa, avançava. Pernas inchadas, tosse, mas enfrentava: entornava e tragava. E isso é o que interessa. De que vale respirar se não for pelo prazer de fazer o que deseja? Essa paixão arrebatadora e trágica pelo ilícito. Um aprendizado. O exagero. Esse que a colocou prostrada, inválida, dependendo da ciência. Há poesia em um coração que não bate por conta própria?

Assim como vemos passar alvoradas e luscos-fuscos é a existência. Aquele moleque cheio de fome e sede adulteceu e fez morrer. Ainda se escuta o nome dele pela janela, voando as sílabas pela escadinha que dá na rua. Desistiu, não há nada mais: o bonde passou e ele caiu nos trilhos. Esperou o Zé Maria vir buscá-lo pelo pé. Lamentou o tédio de aguardar a morte sem ao menos um pito. E, quando ela chegou, restou apenas carne: sua história já escapara, ao lado dos seus mais chegados, pois que todos morrem com a vida que se renova.

— A DE SÉTIMO DIA É QUINTA-FEIRA.

1918

"Publiquei-o em 1909. Até hoje nada adiantei. Não tenho editor, não tenho jornais, não tenho nada. O maior desalento me invade. Tenho sinistros pensamentos. Ponho-me a beber; paro. Voltam eles e também um tédio da minha vida doméstica, do meu viver quotidiano, e bebo. Uma bebedeira puxa outra e lá vem a melancolia. Que círculo vicioso! Despeço-me de um por um dos meus sonhos. {...} Seria uma grande vida, se tivesse feito grandes obras; mas nem isso fiz."

Diário Íntimo, **Lima Barreto**

Este livro foi publicado nos 110 anos de estreia de Lima Barreto na literatura com *Recordações do Escrivão Isaías Caminha*.

A impressão foi feita em setembro de 2019 na Gráfica Assahí, em São Paulo. A fonte utilizada foi a ITC Stone Serif STD. O papel de miolo é o pólen bold 90g/m² e o de capa é o cartão 250g/m²